Jean-Joseph
Rabearivelo

(Quelques poètes) – I

Enfants d'Orphée

Copyright pour le texte et la couverture © 2023 Culturea
Edition : Culturea (culurea.fr), 34 Hérault
Contact : infos@culturea.fr
Impression : BOD, Norderstedt (Allemagne)
ISBN :9791041831692
Date de publication : juillet 2023
Mise en page et maquettage : https://reedsy.com/
Cet ouvrage a été composé avec la police Bauer Bodoni
Tous droits réservés pour tous pays.

I

MARCEL ORMOY

à Louis Pize.

Pour des raisons tout extérieures, je ne puis envisager l'œuvre de Marcel Ormoy sans penser à celle d'un grand prosateur de notre temps, trop tôt ravi à l'espoir des lettrés, à Marcel Proust.

En effet, la ressemblance de leurs efforts vers une unité symbolique à donner à la Cathédrale qu'ils bâtissent les apparente, et leurs œuvres, toutes deux inachevées, sont placées, l'une et l'autre, sous l'argument général : RECHERCHE.

Recherche, pour l'un, d'un *visage inconnu* figuré par la conscience d'être impersonnel dans les diverses chapelles visitées et le désir, non de se libérer de cet état, mais de l'asservir ; pour l'autre, d'un *temps perdu* qui est la décevante variabilité de la personnalité des salons mondains, dont il veut fixer les nuances éphémères dans l'éternité du Style.

Noble tâche s'il en fut ! et d'autant plus ardue qu'elle n'est pas exempte de tourment ! Or, le tourment est une des meilleures conditions du poëte.

*
* *

Marcel Ormoy débuta en librairie par un recueil intitulé : les *Poésies de Makoko Kangourou*, écrit en collaboration avec Charles Moulié que l'Académie Goncourt devait plus tard nous révéler sous le nom de Thierry Sandre.

Maurice Allem, qui préside aux destinées de la *Muse française*, classa ce petit ouvrage parml les livres de pastiches les plus réussis. Eu égard à la compétence qu'il a des œuvres poétiques, je l'en crois, mais avec la désolation de n'avoir, de cette prime œuvre, qu'une connaissance ne dépassant guère la mémoire de ce quatrain, donné naguère par une chronique de la *Revue mondiale* :

> Entre tes pieds tant noirs que du cirage ;
> il être bon orteil aussi gros que mon nez
> et moi avoir de toi désir fort et sauvage
> quand tenir en mes mains tes pieds que tant aimer.

J'ignore si tout le recueil est de ce ton, mais le mépris volontaire de la syntaxe, qui confine dans cette strophe au petit nègre, sa légèreté, voire sa familiarité, et la naïveté recherchée du sentiment exprimé — tout y contribue à créer une atmosphère d'étourdissante fantaisie, agrémentée de ce je ne sais quoi de tragiquement simple où se devine un haut sens de la tendresse porté à un degré rare de sensibilité.

Forces encore en primitivité, cependant, et qui, telles le lys dans la virtualité du bulbe, nous font encore attendre de passer le temps des promesses avant de nous apparaître dans toute la beauté de la réalisation.

*
* *

Le *Jour et l'Ombre*, paru en 1912 — en même temps, nous renseigne-t-on, qu'une plaquette de Francis Carco — est aussi un de ces petits recueils de début quasi-introuvables.

Chabaneix y note, parée d'une délicate expression, l'influence de Verlaine ; et les morceaux qu'il nous en cite nous édifient : passé, le stade de la recherche dans l'*infinitif* qui appelle et l'indéterminé et le vague dans le temps ; sans déplaisir, nous entendons à nouveau cette langue autrefois dépouillée jusqu'à la nudité s'ordonner par un dynamisme qui l'aide et la soulève. Après l'inanimé, ou qui parut tel, c'est une ombre de visage inquiet de son apparition qui nous frôle :

> Elle offre ....
> Aux caresses du vent la forme de son corps ;
> Dans le soir imprégné de parfums, elle pense
> Au plaisir dont son sein vibre et frissonne encor.

Quelles ombres nous entourent ? celle du pauvre Lélian ou du somp-
tueux Henri de Régnier ?

*

* *

Vinrent les *Votifs* que nous retrouverons plus tard réunis à la matière innombrable d'un grand recueil.

C'est une suite de douze huitains qui figurent les mois de l'année pour
symboliser douze amies, ou vice-versa.

Douze tendres amies, dont les syllabes des noms nous font penser à
quelques héroïnes inexistantes de Francis Jammes, pour enchanter la première
jeunesse d'un poëte ! On serait enclin à crier à la perversité sans la pudeur qui
entoure ces amours éphémères, lesquelles, d'ailleurs, ne fleurissent que pour
faire don de leurs légères dépouilles aux jours qui s'en vont !

Quelles correspondances y a-t-il entre votre défilé décevant et fugace, ô
Marise, Paule, Bathilde, Claude, Léa, Monique, Giselle, Cécile, Sylvie, Christiane,
Annie, Hedwige, et le si beau vers épicurien de Jean-Marc qui nous incite à
goûter

l'heure qui sonne à l'horloge du temps ?

Pour mon ravissement, depuis que je vous ai connues, je n'ai jamais pu
passer le seuil ou la porte d'une des maisons du Zodiaque, sans évoquer l'une
de vous qui en êtes les gardiennes! Et ce n'est pas sans bonheur, Marise, que je
te vois venir, fleurie et plus belle, me saluer à la première limite de l'an poé-
tique 1928, qui m'est une terre obscurément promise !

Belle ! en hommage dédiant
À l'année un émoi plus jeune
Accorde à l'Éros mendiant
Le fin régal dont il déjeune :

Ta peau qui n'a besoin de fard
Que cette roseur d'être nue,
Et ton corps bien que l'œil, cafard,

4/46

En cèle l'ardeur ingénue.

*

* *

Les *Votifs*, plus encore que le *Jour et l'Ombre*, situent un pays sur la carte. Ou bien, pour ne pas rompre le fil de l'image, précisent les contours d'un *visage*.

C'est une découverte que la prose a aussitôt donnée pour une Conquête.

Pour reprendre un mot de Baudelaire, récapitulons : de l'inarticulé Makoko naquit une vive harmonie où s'étendaient des modulations chères à Verlaine et Henri de Régnier. Puis, le temps s'en allant, on pénétra le pur domaine de l'allusion mallarméenne où, ô sortilège ! des phrases éludées font entrevoir des situations d'âmes se mouvant au-dessus de l'abîme de la Pensée.

*

* *

En 1925, la maison Garnier nous donna un grand recueil tourmenté : le *Visage inconnu*.

Je me permets de reproduire ici un passage d'une petite étude que je lui ai consacrée à sa réception : « Titre un peu *en-allé* comme disait Laforgue, et qu'aucune pièce du livre ne justifie ; titre purement symbolique — il frappe par sa justesse imprécise. Pour ma part, je crois savoir que l'auteur l'a adopté pour des raisons tout intérieures, dont le doute d'avoir une personnalité complète, et la certitude de porter encore certains tics de visages connus... De nombreuses influences se laissent deviner dans l'art du poëte... ». Suivirent les noms de Mallarmé, de Verlaine, de Toulet, de Valéry, et de Carco.

C'est un des rares articles de journal dont je ne me repente pas, bien qu'écrit sous le signe de la hâte !

L'accueil que Marcel Ormoy fait de poëtes aussi différents et même, parfois, aussi contraires, n'est pas pour nous déplaire ni, circonstance heureuse à remarquer, pour nuire à son art. Et c'est encore à Marcel Proust que je pense. Il écrivit à l'un de ses amis : « ... Je réconcilie tous ces dieux ennemis dans le Panthéon de mon admiration... » Le meilleur art n'est-il pas le plus difficile ? et

5/46

quoi de plus malaisé que de faire mentir cette pensée de Gobineau ; « Les civilisations diverses se repoussent mutuellement » ?

Or, il n'y a rien d'aussi compliquées, pour être si rigoureusement *unes*, que les civilisations poëtiques !

D'avoir aboli les frontières qui divisent la Poësie française, d'avoir créé un continent avec les divers îlots épars dans l'océan de l'entendement des poëtes, Marcel Ormoy, qui n'avait alors que 34 ans, n'est-il pas digne de notre amour et de notre confiance ?

Si encore sa confiance se libérait de tout scrupule et qu'il prétendît à une œuvre achevée et personnelle ! Mais non : il avoue les influences qu'il subit, qu'il *souffre* même puisque tous ses efforts tendent à s'en délivrer.

Le tourment du poëte, à partir de ce recueil, s'accuse angoissé et ferme. Ce ne sera plus désormais qu'un travail noble entre tous, mais dénommé modestement recherche, étude.

Recherche et étude d'un simple visage, heureusement ! Car à quel désespoir ses amis et admirateurs ne seraient-ils pas réduits s'il s'agissait d'une âme ! Un visage, c'est tout ce qu'il y a de plus périssable dans l'homme, de plus fardé, de plus feint ! Mais une âme ! cette âme à qui le poëte s'adressera :

> toi, fiancée à ma vie
> Devras-tu partager l'injustice du sort,
> Et de tes plus vrais biens tout soudain démunie
> En disperser la cendre aux rives de la mort ?

Vierge de toute contrainte, il a plu à notre poëte de promener son âme tour à tour chez les Parnassiens, les Symbolistes et les Fantaisistes.

Puisse-t-elle, un jour, nous donner le récit de ses voyages !

*

* *

Une plaquette, en 1926, au DIVAN, le *Cœur lourd*. Une autre l'y suivit bientôt, *Carrefours*.

La voix dominante de ces recueils dénonce encore l'angoisse de la recherche qui y est symbolisée, j'aime à le penser, par des amantes.

À l'une, Marcel Ormoy s'écrie :

> À moins que de votre beauté
> Ne meure aussi la flamme,
> Que sera-ce de moi, madame,
> Quand vous m'aurez quitté ?

Après cette question, cet aveu :

> Ah ! pour vous cacher mes alarmes
> Si je ris en vos bras,
> Les pleurs que je ne pleure pas.
> Ce sont pourtant des larmes.

Mais les *Carrefours* sont plus significatifs. Et d'abord, carrefours de visages ou bien, ô grand pauvre Georges Heitz que nous pleurons, carrefours de sentiment comme vous sembliez le croire quelques mois avant votre grand départ ? Des uns et des autres, mais avec la priorité des visages : les principales mailles du chaînon poëtique s'y montrent, et il n'y a rien de plus suavement impersonnel, exception faite des trouvailles musicales.

Le deuxième quatrain du neuvième morceau est un vrai testament des temps révolus :

> Quelque chose, et c'est d'inédit
> Que nous avons soif, ô mon âme,
> Quand l'ombre étroite du midi
> Offusque à peine cette flamme.

> Lève l'ancre, beau steamer bleu,
> De quelque nom qu'on te désigne :
> Rêve, folie ou simple jeu.
> L'aventure enfin me fait signe.

Des temps révolus, puisqu'on entendra bientôt :

> Tu mourras, tu mourras, ô cher néant sonore,
> Dérisoire vivante et qui déjà n'es plus,
> Ébauche d'un fantôme où tu survis encore

Qu'une ombre anticipée aux bords où tu te plus.

et qu'il est certain que le poëte aura enfin retrouvé son visage

Essentiel et grave,
Dont le reflet inscrit sur le mur
Sa ligne nette et chaste.

*
* *

À l'orée de son dernier recueil paru, si justement nommé *Visage retrouvé*, Marcel Ormoy salue le retour de l'enfant aussi prodigue que prodigieux, en une stance d'une tragique beauté que je regrette fort de mutiler :

Beau visage attendu par delà tous les songes,
Par delà tous les jeux et toutes les erreurs
Où s'attardait un cœur abusé de mensonges
Et tout environné de fantômes pleureurs,

Beau visage inconnu, pareil à ce nuage
Qui n'offre qu'un dessin aussitôt déformé
Ou dans le vain miroir d'une onde le passage
D'un signe obscur et sur son propre sens fermé,

Je t'avais évincé d'une âme exténuée,
Archange imprévisible aux limites du soir,
Et toi, mer, pour ensevelir cette nuée,
N'ouvrais-tu le linceul d'un flot amer et noir ?

Masques, d'une jonchée où le lys et la rose
N'avaient plus que la teinte et l'odeur de l'hiver,
Je vous avais tressé la guirlande morose,
Dédiant à l'amour un hommage désert.
....

Je t'aime. C'est plus loin que l'heure déjà morte
Où l'amour par tes yeux aux miens se découvrait,

Plus loin que notre amour lui-même, qu'il importe
D'en pressentir le cours ténébreux et secret.
....

Tel, malgré les détours et la poursuite vaine
D'un fugace destin insoumis à ta loi,
Beau visage apparu par delà toute peine,
Du fond de mon passé je suis venu vers toi.

Le livre entier développe ce thème où la joie de la découverte se mêle à cette inexplicable angoisse qui nous fait défaillir au contact du bonheur.

Voici les derniers vers qui le terminent :

Pardonnons, ô ma sœur, à cette saison froide,
Et, dans l'ombre inclémente où nous voilà cernés,
Opposant à l'angoisse une âme altière et roide,
Convoquons les printemps à nos vœux destinés.

Amour, nous t'attendons en cette nuit funeste
Où nos rêves ont pris l'aspect de nos remords.
Mais où brûle au foyer et dans nos cœurs s'atteste,
Amour, ta sombre flamme en hommage aux dieux morts.

Les hasards des maisons d'édition, hélas ! semblent seuls régler le destin des poëtes ! Avant ce beau son final, qui clôt l'ère de la virtuosité, que d'autres chants se seront élevés qui ne nous sont pas encore parvenus : les *Poèmes pour des Fantômes* que nous promet LE PIGEONNIER, et *Sagesses !*

Ils auront pourtant marqué les étapes faites au pays de la recherche ; ils se seront imprégnés, comme leurs aînés en harmonie, de ce pathétique que n'achève pas encore de dissiper la sérénité de la découverte.

Je n'ai pas à invoquer ici l'étroitesse de la place qui ne m'est pas limitée ; encore moins le temps, que je voudrais consacrer tout entier à la compréhension de quelques-unes des œuvres dont s'honore le mieux notre génération ; aussi bien, suis-je dans la désolation de constater l'injustice de ma concision !

Marcel Ormoy, c'est une de ces victimes de la culture dont notre siècle est excédé, qui s'embarquent mais qui risquent fort de s'engloutir en pure perte dans les abysses du seul dilettantisme. Marcel Ormoy, c'est l'un des rares rescapés de ce naufrage presque inéluctable : nous le vîmes au départ, herpes rejoignant la vaste mer, avec tous les ballottements possibles ; peu à peu, sous un ciel marqué des signes rouges de l'orage qu'est l'indifférence contemporaine pour tout effort tendant à la Poësie, les épaves reprirent forme et mouillèrent devant une île. Elles devinrent le beau navire qui, fleurie et chantant, nous revient aujourd'hui

parmi la gloire du matin,

avec un chargement de fruits délicieux.

Matière périssable, sans doute ! mais il nous suffit de voir les pulpes mûres se fendre et, tout en nous faisant déguster la saveur enivrante de leur suc, proposer au sol la promesse de la continuité enclose dans le noyau.

C'est pour avoir reconnu en Marcel Ormoy toutes ces qualités que je salue en lui l'un des princes les plus authentiques de la jeune Poësie française.

II

PAUL FIERENS

Je déplore le peu de connaissance que j'ai de ce jeune écrivain ; c'est tout, en effet, si je sais qu'il donne, presque régulièrement, à la N.R.F., des critiques poëtiques ; qu'aux *Nouvelles Littéraires*, il assume les mêmes fonctions, et qu'ici et là, il fait montre d'un haut goût, non exempt, il est vrai, d'un peu de snobisme. De parti-pris non plus, surtout en faveur des gens du Nord qui sont, je suppose, ses compatriotes.

J'ai donc suivi partout son nom à travers cette forêt touffue qu'est maintenant la Poësie française, avec un sentiment de sympathique curiosité mêlé de force réserves. J'ai beaucoup goûté ses poèmes parus dans un numéro des *Nouvelles Littéraires* que je regrette d'avoir égaré. Une pièce, entre autres, m'a fort émerveillé ; elle s'appelait, si j'ai bonne mémoire, *l'Autobus.* Le tumulte miraculeusement ordonné, avec ce je ne sais quoi de grand, de lumineux et de chantant qui fait le meilleur des trouvailles rimbaldiennes, à la tête desquells viennent, à mon avis, le *Bateau ivre* et les *Assis* ; plus ce sens qu'on se plaît à qualifier de moderne, mais qui reste encore confus et sujet à conflit : j'y ai tout retrouvé.

Plus tard me furent révélés ailleurs d'autres morceaux. C'était une suite intitulée *Ligne de vie.* Ce me fut, je l'avoue, une déception. Le poète, sacrifiant à la mode, y paraissait plus appliqué à étonner, qu'à toucher.

Cela part, certes, d'une fort bonne tradition ; celle-ci n'en est pas moins bien discutable : issu du besoin d'étonner, comme le voulait le grand poète à la fois et habile esthéticien Baudelaire, le génie transporte l'âme du lecteur en même temps qu'il y suscite la sensation d'être devant une création humaine qui aurait (qui a) des attributs divins. L'étonnement est accessoire ; en l'expression seule réside l'essentiel.

La poësie de notre temps, qui est la fille débile d'une anarchie de cinquante ans pâtit de la négligence de cette vérité première. Il suffit de lire les œuvres complètes en vers de Jean Cocteau pour en être convaincu. Il suffit aussi, ce qui est plus facile et plus rapide, de parcourir un recueil de Paul Fierens. Qu'en ressort-il ? Des éclairs éblouissants de vraie poësie, égarés dans la vacuité de toute une prose informe ; une voix, un cri merveilleusement hu-

11/46

mains qu'étouffent presque d'étranges balbutiements. Ajoutez à cela, surtout, les jeux vains de la mystification.

*

* *

C'est Mallarmé, en qui se mêlait une égale dose de force créatrice et d'habileté routinière, qui découvrit le premier le pays intellectuel de notre siècle ou, au moins, en créa l'atmosphère. C'est lui qui, dans son œuvre inégale et qui porte la marque de l'inachevé, préconisa la méthode de nos jeunes contemporains. Mais la grande probité artistique de celui-ci l'aura sauvé du reproche d'être puéril et ridicule que courent ceux-là.

Réduire d'abord le plus possible les ponctuations pour les supprimer totalement à la fin; semer le poëme d'inversions amphigouriques ; ménager ici et là des blancs dans l'architecture typographique du texte — passe encore, malgré la violente surprise que cette innovation fait naître ; mais, de là à en faire une condition, un état de poëte nous en doutons !

C'est pourquoi, tout en reconnaissant à Mallarmé le don du plus prodigieux génie, bien des poëtes de ma génération ne comprennent pas le motif du légendaire *Coup de dés* et comprennent moins encore l'engouement dont il est entouré, nonobstant des exégèses fort savantes.

Certes, le vocabulaire y est encore, de temps en temps, un peu frère de celui du *Toast funèbre*, de l'*Après midi*, du *Cygne* et d'*Hérodiade*, ces pièces uniques dans la Poësie ; certes, en maint passage, ce poëme hermétique rappelle encore l'aérienne, la fluide, l'insinuante musique qui caractérise l'œuvre du poëte de Valvins et qui, agissant directement sur l'âme, retentissant dans la zone sonore de la sensibilité, nous fait connaître comme un frère inconnu de nous-même ; mais il lui manque une qualité essentielle : le beau visage de l'unité, qui n'est rien autre chose que la cohérence.

N'étaient les souvenirs que nos meilleurs aînés, ceux qui ont vécu au temps héroïque du symbolisme, ont rapportés des célèbres mardis de la rue de Rome ; n'étaient l'accortise proverbiale du maître de céans, son empressement au moindre appel, ses conseils judicieux (malgré, dit-on, la facilité de son éloge) ; n'était cette franchise de Mallarmé, qui le poussa jusqu'à avouer : « Mon art est une impasse ! » je croirais, avec plusieurs amis, qu'il se serait simplement moqué du monde...

12/46

Le *Coup de dés*, avec la fantaisie de son aspect graphique, n'aurait-il pas été écrit à la façon dont Hippomène, en jetant les pommes d'or, usa pour battre Atalante à la course ?

Il voyait autour de lui trop de « pressés » ; et, comme il était l'arbitre de l'élégance en matière poëtique, n'aurait-il pas lancé cette mode extravagante avec le secret dessein d'éliminer à la longue les simples amateurs ?

Que d'Atalantes, en ce cas, auraient perdu la partie ! Pour l'oripeau, ils auront abandonné la couronne…

Heureux qui se ressaisissant plus tard, ont la nostalgie de leur vraie royauté et y reviennent dignement.

*

* *

Cet oripeau, je le retrouve au seuil du récent recueil de Paul Fierens : *Ligne de Vie.*

En voici le morceau initial — mais, pas avec les véritables dispositions typographiques que le poëte leur a données : la distance qui sépare le lieu où je consigne ces notes de celui où elles doivent paraître est trop grande, pour que je puisse, en les corrigeant, indiquer clairement sur les épreuves les mesures et le nombre exacts des cadrats et cadratins ; et puis, quel travail inutilement compliqué pour les typos !

> Adieu, jeune cycliste !
>   L'ombre
> pédale sur le blé.
> Les villages   les poules
> s'échelonnent pour dormir.
> Les crêtes, les toits rouges pendent
> sur les yeux verts cerclés de chaux.
>
> Tu connais ces chemins de terre
> mieux que les lignes de ta main.
>
> Dimanche : les quilles
> imitent l'orage au loin ;
> les éclairs, les flèches du tir.

Église à cinq heures déserte :
la fraîcheur te sautait sur le dos.
Tu priais un peu, tu regardais les boiseries.

Un pigeon dans la charpente
claque.

Mais tu as bu lentement la bière,
posé le verre sur la toile cirée.

"Beau temps, patronne".

                            Adieu !

Beau temps, jeune cycliste,

Les routes chez nous c'est bleu.

À lire de tels poëmes, à voir l'ordre donné à leurs phrases, je ne puis ne pas reprendre un jugement fort spirituel d'Henri Martineau : « trop d'anges aux pieds difformes jouent avec des marionnettes de chiffons ». Mais ce que je ne puis surtout pas oublier et déplorer, c'est tout ce *talent* constructeur gâché au profit du stérile *génie !*

*
* *

Feuilletons encore. Voici la pièce VII. Même avec son trop grand besoin d'étonner et son goût pour la parade, elle dénonce un vrai poëte. Elle explique, en outre, le titre du recueil :

Oui, Madame, la poësie...

Mais vous portez à votre sein
la main qui dévore un mouchoir,
puis le bras comme un coup de cygne,
plonge à côté du fauteuil.

Vous écoutez les yeux perdus dans les tentures.
Vague à l'âme.

14/46

Plaisir d'amour

Littérature.

Madame, chère Madame,
non ce n'est pas ça du tout.

Il vous faut ma ligne de cœur ?
J'ai souffert et n'en parlons plus.

— Je revois le coin de la rue. Elle est partie.
Et moi, tant j'avais mal, je ne l'ai pas senti.

Je bavarde, je bavarde…
Regardez ces jeunes gens
tourner sous les lustres.

Je me coiffe comme eux, j'ai des gants blancs, ce soir.

Je m'incline et vous baise les doigts.

Adieu, Madame,
                    Mes hommages
à vos sœurs, à votre mari.

Et le No. IX qui débute par cet admirable distique :

À chaque battement du cœur
un homme en lui-même se change.

qui nous rappelle les premières lettres gravées sur le célèbre tombeau d'Edgar
Poë, et qui leur donne même une plus profonde, une plus grande beauté.

Un merveilleux tercet le suit :

Une vague l'autre poussant,
les heures du jour et le sang refont
ma figure et le monde.

Mais il y a tellement de splendeurs noyées dans cette partie du livre, que, citant un vers de Paul Fierens lui-même, je me demande moi aussi

Si c'est permis de se moquer du monde !

*
* *

Ligne de Vie a quatre parties. La plus belle à mon gré, est cette suite de sept sonnets dite *Volutes.*

J'en transcris trois :

I

Tout nuage est possible encore. D'une pipe
un filet monte en point d'interrogation.
Selon que plus ou moins ton souffle s'émancipe,
tu vois y moutonner d'autres créations.

Quenouille, à quel rouet ta laine se dévide
sur le rythme d'un pied qui bat les temps égaux ?
Tourne, fumée en rond ! Et le tabac se vide
de fantômes bouclés mieux que des escargots.

Bleus turbans, mais ouvrez la fenêtre, ils s'envolent,
Et rien que changer d'air nous ravit l'auréole,
Pour un si vain plaisir tant d'argent dépensé !

Fumeur intoxiqué par trop de nicotine
et sourd (grand bien te fasse) aux critiques censés,
tu vois naître sans fin le songe où tu t'obstines.

V

Un pied nu déchirant la dentelle du rêve,
je m'éveille parmi les édredons crevés.
J'abandonne ce lest et voici : je me lève,
ne sachant au miroir qui je vais retrouver.

16/46

S'inventer un matin, le front dans la cuvette
et les deux mains sur le marbre du lavabo
Le poète peut-il à meilleure éprouvette
connaître si Lazare est sorti du tombeau ?

Lazare, c'est une âme, et sous les bandelettes,
quelque chose répond à l'appel de son Dieu.
Dépouille sans regret ces funèbres toilettes.

Sois prêt, des vieux sommeils ayant lavé tes yeux,
à renaître nouveau sous la douche glacée
avant que d'habiller d'images tes pensées.

VII

Je pars, je suis parti pour une autre planète.
Les mouchoirs, la vapeur escamotent le quai.
Beaux jours derrière nous retombés, si vous n'êtes
que ces plis de jupon par le vent provoqués,

Je m'assieds, sans amours pour les femmes honnêtes
et celles dont le cœur a souvent bifurqué,
près de la vitre où tourne avec ses maisonnettes
un pays de culture et de moutons parqués.

Défense de tirer la sonnette d'alarme.
La nuit peut de son corps pleurer toutes les larmes,
des rails quelque wagon brusquement s'écarter,

j'aurai du moins connu, s'il m'en cuit, s'il m'en coûte,
un voyage pareil à ce chemin lacté
qui fait le tour du ciel. Il faut que Dieu m'écoute.

La musique, l'expression, la tenue, tout y est d'une belle venue, malgré certaines pirouettes qu'on peut d'ailleurs attribuer à l'influence de notre temps trépidant et facétieux au plus haut point.

Et puis, ce retour à la discipline, pour sa part, nous émeut suprêmement.

17/46

*

* *

Des pays du Nord sont venus à nous maints grands poëtes, maints puissants novateurs. La mode n'est plus guère à la lecture, par exemple, d'un Verhaeren ; mais, pour nous qui, loin de Paris, ignorons les livres du jour et qui resavourons, selon notre humeur, telle ou telle grappe de poèmes, le cep de ce grand romantique procure encore et toujours d'ineffables ivresses.

La lourdeur de son vin ne nous en rend pas moins avide, ni l'étrangeté de sa saveur. C'est sans doute parce qu'en le préparant, ce Flamand, à l'air à la fois énergique et débile, a su y jeter le ferment propre à son pays.

Ne serait-ce qu'aux dernières pages de la *Ligne de Vie*, dans l'histoire de cette *Nuit presque blanche*, aussi hallucinante et angoissante que les *Villes tentaculaires*, ce charme particulier est aussi un don naturel de Paul Fierens.

Cette personnalité, ajoutée à tant d'autres facultés créatrices que nous avons simplement notées, fait de ce poëte, non un dadaïste, un surréaliste ou nettement un chercheur d'art inconnu et impossible, mais un artiste responsable de lui-même.

Nulle responsabilité n'est aussi lourde, surtout si l'on a le cœur, l'intelligence de ce poëte et ses nobles prétentions de vivre et d'affirmer sa vie poëtique !

N'appelait-il pas ses derniers poëmes *Ligne de Vie* !

III

ARMAND GODOY

A Jean Royère.

Ce n'est pas d'aujourd'hui que le Nouveau-Continent envoie des poëtes à la France. Toute découverte, toute conquête a toujours été suivie, — en ces pays comme partout ailleurs, — d'un épanouissement, d'une floraison de chants français. Plus j'avance dans la vie, plus ma curiosité s'approche du prisme qu'est la nouvelle génération poëtique, et plus je suis ébloui de l'éclat de ses innombrables facettes : le spectre en est invariablement cette patrie intellectuelle jamais oubliée, Paris, et dont un peu de nous-même, pour peu que nous ayons abreuvé notre faculté sensitive à la source latine, a éternellement la nostalgie.

Connaissez-vous le beau poëte égyptien Henri Thuile ? Avez-vous, certain soir, offert vos actes du jour sous la lumière paisible de sa *Lampe de terre ?* Il y a là ce tercet qui traduit sobrement la tristesse de l'exil spirituel que mènent à travers le monde plusieurs frères... adultérins de Ronsard :

> Mon âme qui naquit sur la terre latine
> maintenant se retourne et pleure la patrie,
> la patrie au doux nom que bordent les collines.

Mais revenons aux deux Amériques et à leurs poëtes de langue française. Pour qu'il n'y ait point retrait de critique devant le géographe, contentons-nous de nommer Heredia, Laforgue, Lautréamont, Stuart Merrill, Vielé-Griffin et les derniers en date : Armand Godoy et l'étrange, le puissant Jules Supervielle.

Autant de noms, autant d'honneurs dans l'histoire littéraire.

Et que dire de tous les frères de couleur que Louis Morpeau a eu le temps de nous révéler avant de s'en aller, et des poëtes du Canada qui chantent cette terre de neige merveilleusement décrite par Louis Hémon, sinon qu'ils perpétuent, hors du temps et de l'espace, les uns les traditions du XVIIIe siècle, et les autres celles du Romantisme ?

*

* *

C'est justement par une petite suite de sonnets dédiés au souvenir d'Heredia que le nom d'Armand Godoy, en 1925, au Luxembourg, se révéla aux lettrés.

Heredia, nom inséparable de celui de Leconte de Lisle, donc du Parnasse. Son orfèvre, son joaillier. Charles Maurras et Léon Daudet ont toujours été sévères pour l'un et pour l'autre, comme pour Henri de Régnier, issu pourtant en droite ligne de ce Moréas et de ce Baudelaire qu'ils n'ont jamais cessé d'admirer. Plusieurs jeunes poëtes — et nous-même — les ont suivis dans cette injustice, encore que ceux-là n'aient point la logique de ceux-ci et ne jugent pas selon leur sagesse.

Il n'y a qu'un malentendu : la poësie somptueuse et tout extérieure d'Heredia avait sa raison d'être. Si le temps, classeur suprême des valeurs, en décide autrement maintenant, ce n'est pas pour prouver l'inanité de cette poësie, mais bien pour en dire, selon toute l'acception aussi bien profonde que courante du terme, la stérilité.

Poësie unique, en effet, que celle du grand Cubain ! Son seul défaut est d'être, par là même, prédestinée à n'avoir aucune génération, au risque de se défigurer et de lasser par son éclat insolite.

Il en est de même, en dépit de tout engouement, de celle du divin Mallarmé.

*

* *

Dans sa seconde plaquette, *Chansons créoles*, s'apercevant de ce péril, Godoy, se délivre *apparemment* de l'influence première et a recours à Baudelaire.

Je dis bien *apparemment* puisque la nouvelle discipline n'a encore une figure d'échappatoire ici. Car si le poëte, en descendant dans son propre cœur et en en interrogeant le vrai point névralgique, extériorise la tristesse en des rythmes hardis, il n'en use pas moins d'une liberté admise en principe par Heredia.

20/46

N'est-ce pas l'auteur des *Trophées,* en effet, qui a dit : « Le vers polymorphe ! Mais l'alexandrin est le vers « polymorphe » par excellence ! Le poëte qui sait son métier peut en varier les formes à l'infini, à l'aide de la brisure, de la césure et de l'enjambement. Nous pourrions en prendre dans Ronsard, dans Régnier, dans la Fontaine, dans Racine des exemples à n'en plus finir » ?

N'est-ce pas lui qui, à l'appui, cita les 27me et 28me vers de *Néère* :

Mon âme vagabonde à travers le feuillage frémira.

et s'écria : « N'est-ce pas, pour un symboliste, un très beau vers de seize pieds ? Mais Chénier a écrit :

Mon âme vagabonde à travers le feuillage
Frémira.

« C'est un alexandrin avec un rejet de trois pieds ! »

Il ajouta : « Le tout est de savoir s'en servir. Pourquoi donc allonger le vers à plaisir ? Et, notez-le bien, sans raison ! »

Question de forme donc, et de tradition. Question seulement de ne point bouger une chose de sa place : pur préjugé. Armand Godoy a eu l'audacieuse intelligence d'abattre ce mur inutile. Il y a réussi avec un rare bonheur :

Tu savais par instinct que la commune souffrance
Est la seule chose qui nous attache à la vie,
Et que pour bien goûter la douceur de l'espérance
Il nous faut le tourment d'une soif inassouvie.

*
* *

La connaissance de Baudelaire devient une religion, une piété. Voici *Triptyque* et *Stèle pour Ch. Baudelaire.* Voici, enfin, en 1927, *Triste et Tendre.* Jean Royère, l'un de nos plus grands esthéticiens actuels, lui donna une très belle préface.

Qui, familier de la littérature dite « avancée », ne connaît pas Jean Royère ? Qui ignore son dévouement empressé, son grand cœur, son ardente amitié et, ce que ni l'un ni l'autre n'excluent mais plutôt aiguisent, sa belle lucidité ? Les services qu'il a rendus à la mémoire de J.-A. Nau et de G. Apollinaire, poëtes pareillement délicieux et prodigieux jusque dans leurs irrégularités et fantaisies, ces services comptent parmi ceux qu'utiliseront, à n'en pas douter, les historiens des lettres à venir pour expliquer, faire aimer et comprendre notre premier quart de siècle.

Encore que je ne sois pas tout à fait de son avis sur la valeur, ou plutôt la réalisation exotique de *Triste et Tendre*, je ne résiste pas à l'enchantement de reproduire un passage de son avant-dire :

« La complexité de ce recueil apparaît encore dans son dessin rythmique. Différent en cela de la plupart des poëtes qui vivent à présent, Armand Godoy compose symphoniquement. Il associe les formes métriques que les siècles ont élaborées pour nous et il organise ses pièces de vers. Il nous donne des « suites » qui se développent selon une progression ascendante ou descendante. Il y a là un tact musical d'expression et un art de synthèse que je me plais à souligner. »

Je ne sais rien de définitif à propos d'Armand Godoy et de ses créations.

*

* *

L'année même parut chez Émile-Paul un recueil de poèmes, renfermant uniquement des transpositions musicales : *Le Carnaval de Schumann*.

Camille Mauclair, son préfacier, dit le motif de cette nouvelle œuvre, qui appartient au rang des « commentaires par le verbe » de la *Sonate à Kreutzer* insérés dans *Triste et Tendre*. Il initie aussi le lecteur à toute sa beauté. Mais c'est là beauté compliquée et qui, pour être bien dégagée des contingences — je veux dire de ses fards, — nécessite une autre connaissance. Or, il n'est pas donné à tout le monde de suivre les courbes de la musique instrumentale, ni encore moins d'en saisir la flexuosité faite verbe.

Explication ampoulée, malheureusement, qui veut servir une œuvre à prétention noble ! Mais comment en serait-il autrement : si je m'en passionne au plus haut point, il n'en est pas moins vrai que j'ignore tout de cet art et que je ne suis pas à même d'en dénouer la trame technique.

Expliquer l'Inconnu par le Connu… précepte de la trop bruyante Poësie Pure…

En 1925, j'ai bien moi-même essayé de transposer en vers mes sensations après avoir entendu successivement les *Adieux* de Beethoven et de Schubert. Des sensations, et c'était tout.

Armand Godoy, au dire de Camille Mauclair, procède autrement : « Il prend un morceau écrit pour le piano et tente de le récrire en mots. Plus encore, au dedans de ses versions, il conserve les variantes rythmiques correspondant, par l'assonance, le rappel des rimes et la mobilité des césures, aux mouvements de la musique de Schumann. »

Condamner, au nom de l'incompréhension et de la non-connaissance, un pareil essai, et dire qu'il est simplement icarien, serait injuste. D'autant plus que ces recherches, bien que leur vraie destination nous échappe, nous auront valu d'autres merveilles !

Issue de la Musique, cette poësie nous la révèle. Sans doute pas selon les désirs et la volonté du poëte, mais avec juste assez de nouveautés pour que nous applaudissions.

Lisez le premier quatrain de *Chiarina* :

Sur les feuilles moribondes et jaunâtres de l'automne
Passe un souffle nostalgique dont me grisent les murmures.
C'est la voix d'une fontaine langoureuse et monotone
Qui caresse de son aile les oiseaux et les ramures.

Si l'on compte sur les doigts, ces vers ont quinze syllabes ; mais à les entendre, à les lire à haute voix, à les chanter pour ainsi dire, on en doute : la science des rythmes qu'a le poëte, sa connaissance de la valeur des *e* muets, tout concourt à en faire de fort beaux alexandrins. Et ceci, qui ferme le livre :

Hélas ! il reste encore une foule innombrable,
Une foule de nains bien plus laids que les grands :
Ceux qui dans le grenier de leur front misérable
Cachent des appétits profonds et dévorants.

Voici le quémandeur, la main toujours tendue.
On le croit tout d'abord facile à contenter.
Regardez son œil louche et sa bouche tordue :
Il mangerait vos cœurs pour mieux les exploiter.

La maîtresse servante et les amis perfides
Qui versent du poison dans la coupe de miel
Et, quand l'orage éclate en nos regards humides,
D'un long geste pédant nous montrent l'arc-en-ciel.

Voici le faux dévot, la femme acariâtre.
Tous les deux ont le même engoûment des sermons.
Comme les orateurs et les gens de théâtre,
Ils croient que la vertu dépend de nos poumons.
....

Sus ! vite, mes amis ! Puis éteignons les lampes
Pour fuir le cauchemar de l'humaine laideur.
Je sens comme un bandeau de pourpre sur mes tempes
Et mes yeux sont sanglants de honte et de fureur…

Ô poète naïf, regarde-toi dans une
Glace. La salle est vide et tu danses tout seul !
Ton visage sans masque a le teint de la lune
Et ton domino noir est blanc comme un linceul.

Quelle puissance dans le verbe et l'évocation ! On ne peut ne pas songer à Baudelaire, celui surtout des *Petites Vieilles*. Ne concevrait-on pas fort bien ces morceaux illustrés par un Daumier ou un Steilen ? Leur émouvante déformation, avec tout son fonds de vérité humaine, en ressortirait plus douloureusement caricaturale.

*
* *

Hosanna sur le Sistre, qui vient de paraître, est une belle réalisation.

Il s'ouvre par une émouvante invocation à Verlaine, dont voici le prélude :

Je t'apporte la tendre cadence
Des ruisseaux que tiédit le soleil,
Je t'apporte la brise qui danse

Sur des arbres toujours en éveil.

Je t'apporte les fleurs de mon île
Comme un fier et sauvage décor,
Je t'apporte l'ardeur juvénile
Des forêts qui sont vierges encor.

Je t'apporte mon cœur de poëte
Qui connut ton pays d'autrefois
Dans une autre existence secrète
D'où je garde mon sistre gaulois.

Je t'apporte l'amour séculaire
Qui t'élève au zénith aujourd'hui
À côté de mon Dieu BAUDELAIRE
Sur l'abîme sans bords de ma nuit.

L'avant-dernier vers du morceau est significatif : Baudelaire est Dieu avec un grand *d*, le Baudelaire auquel le poëte, sans le refaire mais par l'effet d'un vocabulaire et d'une sensibilité identiques, ressemble en des sonnets comme celui-ci :

C'est votre tour, sanglots ! Secouez les poitrines,
Les arbres de la plaine et les flots de la mer ;
Montez vers le foyer des étoiles divines
Et brûlez-y l'encens de votre chant amer.

Ah ! cette angoisse est tiède et ses douleurs mesquines.
Tout en le reniant notre corps nous est cher,
Il faut la croix, les clous, la couronne d'épines
Pour dissoudre en amour la misérable chair.

Je sais pourtant des peurs dont la détresse immense
Est digne d'attirer la céleste clémence :
Ils lui font des appels longs, poignants, étonnés,

Plus déchirants encor que les pleurs d'une mère,
Car ils sont plus exempts de haine et de colère.
— Les entends-tu, Seigneur, ces cris des nouveaux-nés ?

Il rappelle aussi — effet de la nativité sans doute — son compatriote Supervielle :

I

Je rêvais que tu m'aimais
Depuis je rêve sans trêve,
Je ne reverrai jamais
Ce que j'ai vu dans mon rêve ;

Plus profond que notre mer,
Plus vaste que notre plaine,
Le mystère de ma chair
Se fendant sous ton haleine ;

Les astres et les hiboux
Dansant avec les paroles,
Et les soupirs des bambous
Peuplant l'air de lucioles ;

Des doigts d'ange ouvrant pour nous
Le livre qu'on allait lire,
Et le Remords, à genoux,
Dompté par notre délire ;

Cependant qu'un cri lointain
Faisait le tour de la terre
Pour arrêter le matin
Et dire aux morts de se taire.

II

Quand tes yeux font bondir ma détresse
Vers le lac que ne trouble aucun bruit,
Ton sourire ramasse et redresse.
Les décombres du temple détruit.

Tes cheveux précipitent dans l'ombre
Mon vieux cœur qui tombait de sommeil,
Mais tes pieds ont des rythmes sans nombre
Pour chanter le retour du soleil.

26/46

Sous ton front aux reflets tièdes d'ambre
Je devine le noir guet-apens,
Et ta taille flexible se cambre
Évoquant le biblique serpent.

C'est pourtant dans cette onde perfide
Que s'apaise ma peur de mourir,
Dans ce vase fêlé que je vide
La citerne du saint Souvenir.

Mais sa profession de foi est dans cette pièce :

Voix qui parcourez le chemin
Où trébuche encore ma croyance.
Déchirez le blanc parchemin
Qui s'offre à votre clairvoyance ;

Cueillez la rose et le jasmin
Lorsque la nuit sera plus dense ;
Fermez les yeux sur l'inhumain
Brillant soleil de l'Évidence.

Montez, montez, montez toujours !
Là-haut se cachent mes amours
Sous le voile errant des nuages.

Baisez pour moi ces nobles fronts
Purifiés par les affronts
Des courtisanes et des sages.

*
* *

Je t'apporte les fleurs de mon île…

La belle promesse ! En somme, cependant, Armand Godoy ne l'a pas encore réalisée. S'il était fils de l'Europe, il serait excusable ; mieux encore, son œuvre connue serait à classer parmi les plus grandes de notre temps. Après René Ghil et sa théorique instrumentation verbale, qui a osé plus que lui utiliser les ressources encore inconnues de la langue française, et, selon le vœu de Mallarmé, dire au poëte de « reprendre son bien à la Musique » ?

Découvertes, certes, et utiles et précieuses, que tous ces rêves étranges et musicaux suscités par la culture française et le commerce de Baudelaire ; mais, enfant d'une autre terre, ayant un autre sang, Armand Godoy ne se doit-il pas à lui-même d'exalter son hérédité ?

Il le laisse, d'ailleurs, entendre :

Ah ! d'autres encor, d'autres chansons et d'autres rêves
Voltigent sur moi comme une troupe de mouettes :
Promesses de mers sans fin, d'inaccessibles grèves,
De cieux plus profonds et de lumières plus secrètes.

Le jour où comme l'annoncent les *Chansons créoles* et les *Danses cubaines*, il reviendra à la source et en dira le jet limpide et la fraîche saveur, il fera œuvre vraiment personnelle, vraiment nouvelle.

Du reste, toutes ses recherches subséquentes, n'ont-elles pas été jusqu'ici une chimie à deux possibilités : la rénovation ou la destruction de la Poësie ?

IV

ROBERT-JULES ALLAIN

à G. Henri de Brugada.

Le paysage désertique et paisiblement farouche de Madagascar ; son ciel, rose ou bleu selon l'heure, où, tout comme le monde nonchalant qui regarde d'en bas leur fuite sans y penser, simultanément, sans aucun dynamisme, se prépare et se fait l'éternel exode des nuages ; et vous, sœurs diverses de mon sang, dénommées si justement, de par l'adoption d'une de nos plus pures Muses, les Filles du Regret, anachroniques pour les yeux étrangers, perverties pour les miens...

Paysage, ciel et filles si lourds d'Ailleurs, si inconnus — quel chant puissant jailli d'un cœur compréhensif et d'une âme sensible, en ces temps nouveaux, dira vos charmes sans négliger les grâces que vous portiez en vous et qui forment votre royauté abolie ?

Mais cette pensée rend mon anxiété plus vive encore, chers vivants et chers morts : au pied de l'arbre votif que Pierre Camo aura planté sur vos ruines et auquel se seront enlacées les guirlandes d'amitié de Robert-Edward Hart, quelle jonchée de fleurs et de feuilles mortes seront les poèmes de tant de jeunes gens qui auront dilapidé « le don de la déesse ? »...

Long préambule, peut-être, pour ces nouvelles notes, et vaine rhétorique ! Mais, vraiment, être poëte est une situation bien périlleuse en terre d'Émyrne ; et pour noble que soit la prétention d'y réussir, elle n'en porte pas moins le signe du danger.

Une question d'abord se pose : « Que chanter ? » Donner dans l'Exotisme et suivre en cela les conseils de Camo, a deux risques inévitables, dont l'un, au moins, est inexorable : tomber dans l'imitation ou extraire une essence bien épuisée. Il est vrai que l'influence du grand Roussillonnais est de celles qu'on pourrait même rechercher. Mais encore ! Pour qui a souci de sa personnalité, de tels acquis ne sont, malgré tout, que pure déchéance.

Et nous n'avons pas parlé de la masse d'ombre informe qu'un autre ferait auprès de la lumière éblouissante dont sont inondées des œuvres comme les *Beaux Jours*, *Le Livre des Regrets* et *Cadences.*

On voit donc que, pour « percer » comme on dit, pour se faire un nom dans la Poësie française, à Madagascar, un nouveau poëte doit avoir de très nombreuses qualités. L'originalité, bien que tout encore en promesse en est l'essentiel, plus ce je ne sais quoi de spontané fardé à dessein de « métier » qui fait ou reconnaître ou deviner le poëte-né.

*
* *

Robert-Jules Allain est de ces rares âmes à distinguer.

« Héritier de séculaires origines orientales il vient de source, et l'eau dont il étanchera notre soif d'aimer est restée pure, malgré l'ombre des feuillages qui s'y sont mirés.» Fils d'Émyrne, en effet, par sa mère, ce poëte a fait de solides études françaises. Son choix sévère, la conciliation qu'il sait faire des facultés les plus diverses mais qui peuvent contribuer à la création d'une œuvre viable et personnelle, tout cela nous autorise à beaucoup attendre de lui.

Par son sang, il s'attache aux morts et à la terre ; par sa culture — et son sang encore — aux vivants et au temps. Quelles plus belles qualités, sans compter la suavité d'un chant dont nous ne sommes pas encore nombreux à connaître, mon cher de Brugada, recommanderaient mieux un poëte !

*
* *

Au courant de tout ce qui est évolution, mouvement et nouveauté au pays des lettres, il n'ignore rien de ce qu'on plaît à nommer la *stratégie littéraire.*

Quel noble dédain, quelle hautaine indifférence l'a retenu, le retient ? Il « perpètre » un recueil de début *sans avoir passé, au préalable, par les revues !*

Son nom risque fort, sur son premier livre, d'être inconnu ; et quand, dépouillant le courrier pour l'*Intran*, vous recevrez, ô Fernand Divoire, le « service », je serais bien curieux de savoir votre impression.

30/46

Cet intrus, ce quidam ..

Il est vrai…

Mais…

*

* *

Ce recueil de début a toute une histoire. Il devait d'abord, voici bientôt un an, s'intituler : *Sous le double signe éphémère de la Jeunesse et de l'Amour.*

Titre un peu long, mais combien à effet ! La beauté typographique à laquelle tenait le poëte, sans préjudice de la « lenteur » que cela ferait à l'impression, l'en a tôt dissuadé.

Il nous a communiqué ensuite toute une liste de nouveaux titres. Pour en finir, il a retenu lui-même celui d'une partie du livre : *Essais avant que d'entreprendre.*

Essais avant que d'entreprendre… à première vue, ce titre ne ferait-il pas soupçonner quelque affectation, surtout que dans le livre une suite s'appelle aussi : *Désirs du Mieux* et une autre : *Verbiage ?*

« C'est plus logique, m'écrivit-il, plus conforme à mon plan d'ouvrage. »

Je ne sais pas de probité ni de sincérité plus artistique.

Et je n'ai rien dit de la sévérité de l'auteur pour lui-même dans la préparation du livre : retraits, béquets, surcharges, etc. — tous ces mots pour éviter, de ma part, de citer le vers si connu de Boileau, auquel ne s'apparente guère mon poëte.

Détails intimes, sans doute ; mais c'est toujours un témoignage en faveur de la haute conscience littéraire de ce jeune écrivain. C'est si rare, qu'il convient de le consigner.

*

* *

J'aurai assez « vadrouillé » (pour plaire à une ombre). Il est temps de parler de l'œuvre en elle-même.

31/46

EN GUISE D'AVANT-DIRE.

Poème ciselé que mon rêve à loisir
fait, comme un instrument, sourire ou bien pleurer,
daigne offrir à ce cœur, qui ne sait pas choisir,
le tourment d'un esprit d'un beau semblant leurré.

Laisse, au gré de mes doigts, tel un chant de guitare,
flotter en pâmoison la fragile harmonie
de quelque sentiment équivoque et bizarre
dont nous seuls goûterons la subtile ironie,

et quand tout s'abandonne au charme des poisons
que met, rythme alangui, une vieille romance,
sachons, Poème d'or, évoquer la raison
et goûter le bonheur avec intelligence.

Qu'en proue de la trirème où, cherchant les Sirènes,
l'homme un jour s'embarqua, tu couches cette flamme
qui rallie, tel un signe au fond des nuits sereines,
l'amère nostalgie et tout ce qui fond l'âme,

sache par un mensonge indulgent qui se voile
du vain désir de plaire, assurer à l'enfance
un avenir lourd de bonheur et plein d'étoiles,
exempt de servitudes et de mornes défenses ;

au visage penché, tel un profil antique,
sur les livres si doux aux doigts fins de lettrés,
mets le nimbe doré du savoir, cet attrait
qui fait de tout savant un prophète mystique ;

à l'homme qui déchire, en un geste soudain,
sa jeunesse et voudrait dresser ailleurs sa vie,
donne l'orgueil immense et ce noble dédain
qui fait qu'au monde rien n'est digne de l'envie ;

rien, si ce n'est parfois ce sentiment caché
qui fait que l'on soupire alors que rien n'est cause
de douleur, en ce jour qui se meurt détaché

de notre vie, ainsi qu'un pétale de rose.

Dispense, ô mon Poème, à l'oreille attentive,
non pas la peine qui m'est propre, mais plutôt
l'ivresse enclose en des amours définitives
ainsi qu'un vin mûri sur d'antiques coteaux.

Et si je sens monter en moi cette douleur,
sachons, Poème clair, garder ce lourd secret
et chanter le retour paré de mille fleurs
de quelque vieux bonheur souriant et sacré.

Une faiblesse ici et là — clichés, licences, chevilles —n'empêche pas le plein jaillissement du chant, ni l'épanouissement de son sentiment, ni même, et c'est à retenir, sa réalisation musicale. Il y a là un fort bel élan qui fait oublier tous les essais maladifs de cet « albatros ».

Et que dire de ceci qui part d'une toute autre corde :

J'entends encore le sanglot lourd au long du thrène,
J'entends encor la douce voix qui, sourde, traîne
                        au long des mots
du poème pleurant que composa Verlaine
                        avec ses maux.

Car il n'est pas — la voix le dit — de pire peine,
de douleur plus forte, ô mon âme plus vaine,
                        que cet émoi,
que les pleurs que l'on sent monter et que n'amène
                        aucun pourquoi.

J'entends encor le sanglot lourd au long du thrène...
Je me souviens de vos trois mots en cantilène,
                        — seraient-ils vrais ? —
vous oublier pour moi serait la pire peine,
                        je ne pourrai.

Mais vous, qui m'êtes loin par le chemin qui mène
jusqu'à votre maison, ma douce enfant, ma reine,
                        trop loin de moi,
serait-il vrai que peu, si peu, vous chaut ma peine

et mon émoi ?

Vers ternaires ou simplement au rythme syncopé, comme en a si bien ré-ussi le bon Verlaine, qui prélude ici en exergue : *C'est bien la pire peine ?*

*

* *

Parnassien et symboliste à la fois, Robert-Jules Allain était naturellement appelé à devenir, un temps, fantaisiste. Il a écrit plusieurs poèmes brefs qui évoquent Toulet, comme celui-ci :

> Amour, serais-tu pas celui
> dont dissertait Paul-Jean Toulet,
> et, si tu m'es flamme aujourd'hui,
> demain seras-tu pas fumée ?
>
> Il aima Faustine et Badoure
> et parfois aussi Zo qui penche
> complaisamment sa gorge blanche,
> mais tout cela fut-il amour ?
>
> Eh ! qu'importe, il plaît à nos cœurs
> de penser (quelle vanité !)
> que nous avons l'éternité
> en partage tous deux — ô leurre !

Ou cet autre qui, la licence exceptée, rappelle Ormoy :

> Ô joie d'aimer, tu m'es douleur !
> Sur l'eau, la branche basse incline
> un lourd rameau chargé de fleur...
> Mon cœur, ami des disciplines,
>
> découvrirait l'emprise belle
> de l'art en marge du tableau,
> n'était l'image unique — et telle
> (en moi) la brume au clair de l'eau.

34/46

Et ma main détache et balance
la branche basse et, destructive,
sème les fleurs… frêle dolence
de mort placide suggestive.

*
* *

Passer d'un camp à l'autre, c'est bien le propre de toute jeunesse. Qui, ne s'étant pas uniquement plu aux charmes du voyage, en aura extrait l'essence pour en faire des parfums, à soi, celui-là seul aura le plaisir de ne point tout voir s'estomper avec ses illusions.

À propos de celui-là seul, avec G. Henri de Brugada, on pourra dire : « Adolescence ! de quels rares ferments de poësie ne combles-tu pas ceux qui ont tôt souffert de comprendre ! »

Voilà que, pour la deuxième fois, je cite ce préfacier d'un livre encore inconnu du public. Je ne pouvais pas faire autrement : il y a de si belles choses dans cet avant-dire, que je ne saurais décemment pas dissocier cet élément de celui du poëte !

*
* *

Une dernière question se pose : « Telle est l'œuvre, tel en est l'auteur. Se méritent-ils ? »

En post-scriptum, celle-ci : « Quelle originalité *inchoative* doit-on discerner dans de tels poèmes où se trahissent toutes sortes d'influences ? »

La réponse est toute faite, et c'est un admirable poème :

Je regretterai bien des choses
dans ces beaux jours qui vont finir,
mais, va, notre aventure est close
et j'ai prévu mon avenir.

35/46

Je suis ce bateau dans la rade
qui n'attend que sa cargaison ;
le vent l'amène et le ballade
mais il y a rime et raison ;

hier encore en Mer Indienne,
aujourd'hui dans l'anse du port,
— ah ! que l'image te convienne
de l'amour si près de la mort. —

Il est probable que divague
un peu mon âme, un peu mon cœur,
que m'importe ! J'entends la vague
rythmer l'écho de ma rancœur,

et, tel le flot, loin, qui se brise
sur la rancune des brisants,
mon âme est lasse mais stylise
ce poème ronsardisant ;

et redouble mon amertume
de trouver la cause d'émoi,
— comme toujours et de coutume —
non dans les ailleurs mais en moi.

En moi, les souvenirs fidèles
ressuscitent l'heureux passé,
tel me remet un asphodèle
la tombe où il avait poussé :

en moi, les purs regrets stériles,
tel, ô Rimbaud, cet açoka
qui te vient peut-être des Îles
mais dont le nom seul me choqua ;

en moi, cette souffrance imbue
et cet appel comme un relent
de liqueur choisie, et que bue,
on redemande incessamment,

Oh ! que ne fuit en cette passe

où l'horizon s'effile et meurt,
ma barque ? Hélas ! ma voile lasse
épuiserait plus d'un rameur ;

et, seul, je reste et me balance
au gré de ces tourments divers,
ô courbe pure de cette anse,
ô rimes vaines de mes vers,

et, dans mon cœur,
cette cadence où je retrouve l'univers…

C'est plus qu'une profession de foi : c'est le cri d'une âme, le cri d'un cœur, tous deux souffrant le poids de la jeunesse et aspirant à la maturité… non à la façon de cet étonnant Radiguet qui – « créa » d'un coup avant de mourir — mais, si j'ai bien compris, à celle de ce Rimbaud si justement nommé… qui « réalisa » avant de vivre.

V

GEORGES HEITZ

Au Dr. Jean Heitz.

Nous arrivons enfin au terme assigné à ce premier ensemble de notes éparses ; et c'est un cippe, une stèle que nous élevons. Au fronton, le nom d'un tout jeune homme, — GEORGES HEITZ, — de qui la mort, pour avoir prématurément trompé l'espérance de maints admirateurs, n'en a pas moins contribué à la changer, sitôt éteinte en sa fleur, en véritable enthousiasme, en véritable culte.

Une vieille coutume hova, maintenant abolie, voulait, chaque fois qu'on avait un trésor à mettre à l'abri, qu'on immolât un homme à l'endroit même de la cachette. On croyait ainsi que l'âme de l'holocauste en serait l'éternelle gardienne.

Puisse ce rapprochement, à la fois barbare, simpliste et faux, servir d'excuse à l'étrange idée que j'eus — l'ordre de cette série d'ébauches, comme celui des autres à venir ayant été, à une ou deux modifications près, d'avance établi — de fermer ces pages par une inscription votive !

Puisse-t-il également, pour flatter l'obscure conviction de ma pensée fervemment orientale, se justifier en sauvant de l'oubli, en ratifiant quelques-uns des jugements ici portés sur des œuvres nettement occidentales. Cela consacrerait, comme dirait un pompier, l'union, l'unification de mon hérédisme et des influences qui, parées des plus belles apparences, cherchent en vérité à nous étouffer.

*

* *

J'allais connaître ce jeune poëte en 1927. Fiévreusement, avec une méfiance inaccoutumée de moi-même, je choisissais quelques poèmes pour la revue qu'il dirigeait, lorsqu'une lettre hâtive de Marcel Ormoy, qui devait préci-

38/46

sément me servir auprès de lui, par delà les mers, d'intermédiaire, m'apprit sa mort en ces termes : « Peut-être avez-vous su que mon pauvre Georges Heitz est mort accidentellement le jour même où je vous écrivais ma dernière lettre (*30 septembre 1927*). À 23 ans, et plein de si belles promesses !... »

L'anéantissement de mon espoir ne trouva sa juste expression que plus tard, à la lecture d'un beau poème de Maurice-Pierre Boyé, commençant par ce vers :

Mon Georges, tu n'es plus qu'une ombre sur ma route.

Cette ombre, à qui a-t-elle été plus lourde qu'à ce cœur que je porte et qui me fait mal, puisque, d'avoir manqué une belle et lucide amitié, il bat maintenant douloureusement, mesurant de plus en plus la profondeur de sa chute !

*
* *

Son nom m'avait été révélé par des articles de Marc Lafargue et d'André Fontainas. Ces hauts esprits estimaient ses premières œuvres, dont ils donnaient d'assez amples extraits : doubles références pour moi ; et j'ai tôt fait, faute de me procurer à temps ses livres en librairie, de m'attacher à tout ce qu'il publiait en revue. J'ai ainsi appris qu'il avait fondé une petite revue, l'*Ermitage.*

Le contenu de ce mince cahier ne mentait pas à son titre, ou plutôt à la note, à l'action de son aîné : en même temps que s'y perpétuait le souvenir du Symbolisme à ses débuts, s'y situaient et s'y affirmaient les nouvelles tendances poëtiques, lesquelles tendaient alors à un néo-classicisme issu de toutes les écoles viables et en pleine recherche de personnalité.

Le triple talent de Georges Heitz s'y manifestait à chaque numéro, ajoutant encore à cet enchantement de voir quelqu'un d'après-guerre, et à un moment où le snobisme disputait ses poulains à la camaraderie littéraire, grouper les poëtes les plus différents mais qu'animait le même et seul souci de sauver la Poësie française de la barbarie. (J'ai nommé, sans taire Henri de Régnier, Francis Jammes et Fagus, en passant par Léon Vérane). Et c'est à qui eût pris le poëte, le critique ou l'animateur !

*
* *

D'abord le poëte… surtout pour nous et tant d'autres qui n'aurons pas eu le suprême honneur d'avoir été jugés par le critique, et qui, de plus, nous résignons amèrement au seul souvenir de l'animateur !

Quelle intelligence a résisté à l'attirance des influences si celles-ci comptaient, selon le goût et le choix de celui qui a recueilli les *Images détachées de l'Oubli*, parmi les plus vivifiantes et les plus sûres ?

Les réminiscences, voire les emprunts qui se devinent et s'avouent dans ces pages de tendresse douloureuse ne sont ni pour nous déplaire, ni pour cacher la sensibilité quasi-personnelle du poëte et sa future, sa prochaine et entière entité.

La connaissance de la douleur et de la joie intimes des mots — ces éternels et premiers éléments poëtiques à ordonner d'après les lois secrètes qui n'ont rien à voir avec la versification, bien qu'en dépendant pour une large part, pour susciter le miracle de la Poësie — ; la perception, la notation de cette musique intérieure dont ils sont animés et qui est appelée à suggérer une idée hors et au-dessus du sens admis : tout cela, dans la culture poëtique de Georges Heitz, faisait de lui un créateur de grand avenir.

Lisez ce beau *Paysage intérieur* dédié à Henri Duclos :

Puisqu'il faut que je vive avec ma propre mort
Jusqu'à ce qu'un de nous soit plus mort qu'à demi,
Je voudrais revenir vers le pays où dort
Auprès de mon espoir un destin ennemi.

Là-bas je sais qu'il est des fleurs où vient éclore
Le rêve de ces nuits que visita l'amour,
Et que dans la nuit même ardent et clair encore
L'étoile qui blêmit à la pointe du jour.

En moi-même je veux retrouver leur image,
Car je sais des parfums qui sont d'âme, et vraiment
Je ne pourrais trouver de plus beau paysage
Que celui que je garde en mon pressentiment.

Lisez *Heures*, un testament manqué qui nous émeut à l'égal de certaines « contre-rimes » de Jean Pellerin, chacune de ses phrases étant pour nous, en dépit de l'épicurisme du son final, qui se veut indifférent et désabusé, assez lourde de pressentiment, d'inquiétude et de sérénité feinte !

Ô douces heures apeurées
Qui partez sans me dire adieu,
Irez-vous en l'ombre dorée
Des beaux jours silencieux ?

Ô douces heures en allées
Qui partez, tenant en vos bras
Les fleurs que vous avez volées
Au buisson qui refleurira,

Vous croyez-vous hors de ma vue ?
Vous croyez-vous folles, si loin
Que je ne sache l'avenue
Qui vous devance et vous rejoint ?

Vous partez, pleurant aux épines,
Riant à la jeune saison,
Vous vous poussez dans les ravines,
Et vous pressez dans la maison,

Les fleurs, vous les cueillez, les pommes,
Vous y mordez à belles dents,
Car vous savez que nous ne sommes
Ici que pour quelques instants.

Me manquez-vous, transparentes,
Sœurs de mes plus secrets péchés ?
Vous croyez-vous si différentes
Que je ne sache où vous chercher ?

En voici d'autres qui me viennent
Et qui me rient. À qui le tour ?
Si pour un temps vous êtes miennes,
Que savez-vous de mon amour ?

Jeunes folles, à la risée

De ma joie ou de ma douleur,
Ébrouez-vous dans la rosée
Et cachez-vous parmi les fleurs.

Carpe diem d'un éphèbe qui sait que le fruit auquel il mord et dont le suc brûle ses lèvres, tout en y laissant une savoureuse fraîcheur, est presque déjà le dernier à cueillir !

Un autre jeune poëte mort quelques mois avant Georges Heitz, Jacques Vaunois, pressentant l'ombre qui devait l'emporter au delà de l'aurore et du couchant, s'était aussi tourmenté de la sorte, mais avait conclu sans ironie :

Tout me semblerait laid si, pour unique escorte,
Je n'étais sûr, narguant l'âpre destin moqueur,
D'emporter avec moi, là-bas, dans l'ombre morte,
La nature vivante en ma tête et mon cœur.

C'est donc que l'idée de la mort était alors dans l'air. Elle devait, hélas ! devenir un fait fréquent dans le monde poëtique ; et nous avons perdu, en dehors de ceux que nous venons de citer, Marc Lafargue et Marius André.

*
* *

Nous avons parlé de réminiscences et d'emprunts. Voici deux poèmes qui rappellent délicieusement certaines pages de la *Sandale ailée*. Le dernier est cueilli, au hasard des pages, dans *Écrit sur du sable*.

FEINTE

Faudra-t-il donc toujours, Bel Espoir, que j'attende
Et, sans rien de solide,
Que je bâtisse encor sur le sable, et prétende
Oublier le ciel vide ?

Ton image parfaite aujourd'hui se dérobe
Au gré de mon caprice,
Je puis bien la vêtir de somptueuses robes

Que mon rêve lui tisse,

Si je la veux tenir entre mes mains pressée,
    Elle échappe à l'étreinte.
Ah ! pourquoi, Bel Espoir, est-elle donc lassée
    De ce qui n'est que feinte ?

VANITÉ

Je n'irai pas vous dire encore dans le soir
    Que toute chose est vaine.
Vous savez aussi bien que moi ce que l'espoir
    Mûrit en nous de peine.

Je n'irai pas non plus dire que les hauts faits
    Valent de leur survivre.
Quand le cheval ailé d'un vol a piaffé,
    De nous il se délivre.

Pourtant vous souriez et le sourire est doux
    De vos lèvres offertes ;
La brise est odorante et tiède au sable roux
    Devant les vagues vertes.

La fleur ardente éclot près de la source chaude.
    Le ciel vaste y sourit.
Ne sentez-vous l'amour et son ombre qui rôde
    Par les sentiers fleuris ?

Que peut nous faire encor la vanité des choses ?
    Que tout doive périr
Je le sais. Mais voici que me viennent quérir
    Votre amour, et les roses.

Voici enfin quelques strophes d'un poëme justement offert à Paul Valéry :

HORS DU SOMMEIL

Puis-je dormir ? Déjà le sommeil atténue
En moi l'envie encor que j'avais de dormir.

Sur mon rêve étonné penchant sa gorge nue
Une forme éphémère éveille un souvenir.
De toutes parts m'appelle une adorable essence.
Il suffit d'un instant pour que, sans violence,
S'entrecroisent les pas de tout un avenir.

Cette forme attentive, à me rire ingénue,
S'impose à ma mémoire et lui tend un miroir.
Mes sens obéissants célèbrent sa venue
Par l'afflux de mon rêve incertain de s'y voir,
Ils se penchent, prudents, sur la tremblante image
Mais en vain voudraient-ils contempler son visage.
Aux yeux qui ne voient plus le soleil, naît le soir.

Cependant tinte en moi le son de voix perdues
Entre l'ennui du ciel et l'ennui de la mer.
Diverses, en chantant, elles vont confondues
Frôler d'un geste sûr la corde de mes nerfs.
Tout le passé revit en trop brusques images
Et le désir soudain s'éveillant avec rage
Se baigne dans le flot d'un océan amer.

Hésitante je sens cette force indécise
Calmer furtivement ma sauvage fureur
Une autre volonté entre en moi, et divise
Mon brûlant souvenir de ce tourment qui meurt,
Je ne suis plus déjà que ma propre pensée ;
Mais en elle je vois, doucement cadencée,
Les vagues de mon rêve apaiser leur rameur…

Ce ravissant morceau finit ainsi :

… Je revis au contact d'une forte espérance
Et dans mes yeux ravis je vois en transparence
Tout un monde irréel et fervent s'étonner.

Hors du sommeil… Donné en épigraphe à cette méditation savante, musicale et intérieure, le début de la *Jeune Parque* n'aurait pas desservi :

Qui pleure là, sinon le vent simple, à cette heure

Seule avec diamants extrêmes ?... Mais qui pleure
Si proche de moi-même au moment de pleurer ?

*
* *

La nouvelle de la mort d'un poëte aussi doué, dont l'œuvre et le destin font penser à John Keats, n'a pas manqué d'inspirer un nouveau Shelley.

Marcel Ormoy publia bientôt après une suite de dix poèmes à la mémoire de celui « qui était toute jeunesse, toute vie et toute poësie ». Ce sont dix chants, dont voici un fragment du postlude, à mettre à la suite des cinquante strophes d'*Adonaïs* :

Il dort, et de ce don, Seigneur, que vous lui fîtes
D'enchanter le tourment dont il avait pleuré
Quand vous l'avez trop tôt de ses mains retiré,
S'il me faut ajouter la cendre à ma ténèbre,
J'en puis bien composer un monument funèbre,

Mais non pas ressurgir à sa même clarté
Car de quelque printemps que s'orne mon été
Les fruits n'éblouiront que le prochain automne,
Et cette rose encor dont la saison s'étonne,
C'est tout entier septembre et mon propre déclin.

Dormez, beautés du monde en qui son cœur se plaint !
Formes pures, dormez au creux des pages blanches.
Chastes neiges, dormez au sein des avalanches.
Dormez, sources, parmi la mousse obscure, et vous,
Prières, demeurez dans votre ombre à genoux...

*
* *

La cause est entendue : nous avons perdu un éphèbe que le temps rendra maître et dieu — malgré la mort qui l'aura pris en pleine œuvre et ne lui aura pas permis de parvenir à l'âge de la maturité... peut-être aussi grâce à elle, puisque, parmi ce qui aura été fait avant son approche, plusieurs pièces ache-vées défient l'espace et le temps.

Ses amis l'affirment. Et, lorsque notre génération, ayant refranchi les frontières internationales où s'égarent le cœur et l'âme moderne-modernisants, reviendra, dans le domaine aujourd'hui déserté de la langue et du génie français, si la poussière et les herbes n'ont pas encore étouffé leur voix, ils pourront dire fièrement de Georges Heitz, comme Paul Claudel de Rimbaud, qu'ils sont « … *de ceux qui l'ont cru sur parole… et de ceux qui ont eu confiance en lui* ».